BIBLIOGRAPHIE

DE

FRANÇOIS ROUSSET

Par E. Turner,

Ancien interne des hôpitaux de Paris,

Membre honoraire de la Société anatomique, etc.

En ce temps d'ovariotomies et d'hystérotomies, il ne sera pas superflu de parler des œuvres de l'illustre auteur qui, avant la fin du XVIᵉ siècle, a écrit le premier et en français sur l'enfantement césarien. D'autant plus que cette bibliographie a été fort mal faite dans tous nos dictionnaires d'histoire de la médecine et de la chirurgie depuis Eloy, et que la *Nouvelle Bibliographie générale* éditée par Firmin Didot a eu le tort grave de laisser dans l'oubli le nom même de François Rousset.

Cependant Haller, dans son admirable laconisme, le qualifie

de *Vir insignis* (*Bibl. chir.* I. 240). Né à Pithiviers (1), comme le dit avec raison La Croix du Maine, il commença ses humanités à Orléans (2) et alla les terminer à Paris, où, après avoir achevé ses études de philosophie, il fut pendant deux années auditeur assidu du fameux Jacques Sylvius. Il vint ensuite à Montpellier écouter les leçons de Rondelet, son président, de Saporta, son parrain (*hospes*), de Fontanon et de Schyrron, lecteurs royaux. F. Rousset donne lui-même tous ces détails. (*Responsio ad J. Marchant declamationem* p. 21, 22, 23. — *Dialogus apologeticus*, p. 19, 20). Reçu bachelier en médecine, il a subi ses examens privés et ses thèses publiques, et après les dix mois de leçons réglementaires il fut admis à la licence. Ceux qui ont dit qu'il avait été jusqu'au doctorat se sont trompés. Car, la peste régnant à Montpellier (c'est toujours Rousset qui raconte), il fut obligé avec d'autres de se retirer à Avignon, où il passa sept mois à enseigner et exercer la médecine. Grâce à l'amitié de Guillemeau d'Avignon, il fut admis dans la société des médecins de la ville. Il eut la bonne fortune d'y rencontrer le célèbre Valériola d'Arles, dont il devint aussi l'ami.

De là, il a été dans tous les endroits où il savait exister des praticiens fameux. Et revenu à Paris avec François Fontanon, fils de Denys, et quelques autres docteurs, aux leçons de Sylvius (3), à l'époque où ce dernier n'avait pas achevé son anatomie, il se décida, sur les conseils de son maître, à partir pour son pays (Pithiviers), *ad populares meos*.

C'est là que vivant en bonne intelligence avec les principaux médecins des villes voisines, et appelé dans les familles nobles et anciennes, il devint successivement le médecin de la duchesse de Ferrare, fille de Louis XII, puis des ducs de Nemours, de Catherine de Médicis, et enfin d'Henri IV. Il se dit encore,

---

(1) Nostre Pithviers (Enf. cæs., p. 14). *Ex nostratibus Pithviricis* (ΥΣΤΕΡΟΤΟΜΟΤΟΚΙΑΣ, p. 43). Nostrate Adamo Alberico (id., p. 78).

(2) Enf. cæs., p. 58).

(3) Au collège royal de France.

un peu plus loin, p. 25, disciple de J. Houllier (1) et d'Akakia le vieux.

Après son stage à Valréas, en Provence, avec Nicolas de Villeneuve (Enf. cœs. p. 110 et 115) et son séjour à Paris, on le trouve exerçant la médecine dans son pays, dès 1556 (Enf. cœs. p. 19 et 20). « Eut bien le courage contre le gré de son mary de « se faire par mon conseil ouvrir, voire si hastivement après « avoir ouy la résolution, qu'elle ne voulut pas attendre le dit « Ambroise Lenoir, que je lui promettais envoier, comme jà ex- « périmenté en telle opération, *parceque je ne m'y pouvais trou-* « *ver, pour estre lors au lit grièvement malade* : mais y employa « le premier trouvé, qui fut Jean Lucas, jeune barbier... *Ce* « *fust le jour de Pasques mil cinq cent cinquante-six.* » Lorsqu'il était médecin ordinaire (2) du prince Jacques de Savoie, duc de Genevois et de Nemours (3), Fr. Rousset habitait très probablement Montargis. Il était déjà vieux quand il vint à Paris et fut nommé médecin royal. Cela nous conduit à rechercher l'époque de la naissance de Fr. Rousset, sur laquelle on ne s'accorde guère. Lorsqu'il revint à Paris auprès de son maître, on était tout au plus en 1554, puisque J. Sylvius est mort le 13 janvier 1555. Or, Fr. Rousset avait voyagé, après être resté sept mois à Avignon. Il était demeuré un an à Montpellier et il avait fait son stage à Valréas. Avec les deux années d'études premières chez Sylvius, on peut compter cinq à six ans. Il est donc très probable que Fr. Rousset a commencé ses études de médecine à 18 ans environ, en 1548, ce qui reporte la date de sa naissance vers 1530. Nous verrons qu'il était vieux et malade lors de la

---

(1) Le docte Houllier (Hollerius), précepteur mien (Enf. cœs., p. 127).

(2) Enf. cœs., préface.

(3) On sait que ce prince avait promis le mariage à Françoise de Rohan (cousine germaine de Jeanne d'Albret, mère de Henry IV), qui dès lors lui avait accordé ses faveurs. Bien qu'il en eût un fils, il ne tint pas sa promesse et épousa la veuve de François de Lorraine, duc de Guise, tué par Poltrot de Méré en 1563, Anne d'Est († 1607), fille de Rénée de France, duchesse de Ferrare, laquelle mourut en 1575.

publication de son dernier ouvrage en 1603. Il avait alors environ 73 ans.

Après ce que je viens de dire, on comprend pourquoi Fr. Rousset n'a pas pris d'autre titre que celui de médecin. Lorsqu'il a fait imprimer à Paris, chez Denis Duval, au Cheval-Volant, rue Saint-Jean de Beauvais, en 1581, son ouvrage intitulé : *Traité nouveau de l'hystérotomotokie ou enfantement cæsarien, qui est extraction de l'enfant par incision latérale du ventre, et matrice de la femme grosse ne pouvant autrement accoucher. Et ce sans préjudicier à la vie de l'un, ny de l'autre; ny empêcher la fœcondité maternelle par après, par François Rousset médecin.* Paris, 1581, in-8 de 228 pages.

L'exemplaire de la Faculté manque de ses dernières pages, on ne peut y voir cette déclaration intéressante qui se trouve à la fin du volume. « J'ai lu ce livre duquel l'invention touchant « l'enfantement dit cœsarien m'a semblé bien avérée par raison « et expérience, que je l'ai jugé digne d'être mis en publicq. « Seulement le lecteur sera adverti d'en user ès cas y allégués, « avec grande discrétion. Signé Henri de Nonantheuil, pro- « fesseur du roy ès mathématiques et doyen de la Faculté de « médecine en l'Université de Paris. J'atteste ce que dessus : « A. Paré, J. Viard. »

Cette hystérotomotocie, dit Haller (loc. cit.), est un ouvrage hors ligne (*egregius est labor*), écrit judicieusement et avec vigueur (*cordate et mascule scriptus*) ; jusqu'alors, il n'avait paru rien de pareil (*cujus eo seculo nihil prodit similis*).

Fr. Rousset a dédié l'enfantement césarien au prince Jacques de Savoie, duc de Nemours (1531-1585). On y trouve ce passage : « Mais aussi serais-je ingrat envers Dieu et les hommes, et « traistre à mon estat mesme, si ayant avec son ayde descouvert « en fort long temps et par grand labeur, la vertu de ce nouveau « présent utile à tout le genre humain, je ne le revelois... » Et plus loin : « parcequ'il ne semble promettre que chose nouvelle, « peu oye, jamais escrite, mal aisément croyable, mesme presque, « à qui la void : et conséquemment tenue jusqu'à huy pour im- « possible, mesmement par les plus doctes et expérimentés mé-

« decins et chirurgiens des plus fameuses universités qui soient
« en ce monde. »

Il dit dans la préface au lecteur : « Je n'avais entrepris au
« commencement, que de mettre en écrit une simple histoire,
« et quelques petites disputes que M. Paré et moy avions parcy
« devant amiablement eües ensemble sur l'enfantement, que je
« luy baptisais lors du nom de cœsarien ; et ce en style françois,
« duquel il use plus volontiers en ses conférences, et escri-
« tures. » Mais il a abandonné ce projet, et « pour ne laisser
une telle utilité » il s'est mis à composer un grand traité en latin. Il pense ainsi avoir « satisfait à la plus part de ses contrarians. » Mais au moment de le publier, il a cru être plus utile
« aux dames réduites à ce dernier refuge » de mettre « en cest
« abrégé françois une bonne partie des principaux points de ce
« plus long discours là... principalement voyant que nul de
« ceux qui l'eussent pu mieux façonner que moy, après avoir
« esté par moy-mesme semons à ce faire, n'y voulaient enten-
« dre comme ils devaient, ains y résistaient comme à chose
« absurde et impossible (*Allusion à A. Paré*). »

Ce petit in-8° de 228 pages mériterait une nouvelle impression.
Haller a résumé très exactement (Loc. cit.) ce qu'il contient.
Je signale tout particulièrement (1) le manuel opératoire
placé à la fin du livre, p. 213. *Petit advertissement au chirurgien sur l'administration de cet œuvre cœsarien.*

Fr. Rousset a solidement établi du premier coup ce qu'on
admet aujourd'hui, mais depuis quelques années seulement.
après avoir essayé de faire prévaloir la symphyséotomie (Sigault
1777), la céphalotripsie, etc. sans parler de l'opposition ridicule
de Sacombe à la fin du siècle dernier.

Les descriptions nettes et précises de l'hystérotomotocie ont
fait regarder Fr. Rousset comme l'inventeur de l'opération césarienne chez les femmes vivantes. Mais il n'en est rien, elle

---

(1) **Fr.** Rousset a aussi proposé dans le même ouvrage la taille hypogastrique
pratiquée déjà, mais fortuitement, par Franco, qui ne l'approuvait pas.

avait été déjà pratiquée autour de lui en Beauce, en Suisse et ailleurs, quand parut son ouvrage, et l'on ne peut savoir à quelle antiquité cette pratique peut remonter.

Le petit livre de Fr. Rousset a été jugé si utile aux praticiens, qu'il fut bientôt traduit en allemand par le docteur Melchior Sebizius, de Silésie. Strasbourg, chez B. Jobin, 1583, in-8, de 165 feuillets. Il est à la bibliothèque mazarine au n° 29812.

La traduction latine de Gaspard Bauhin ne vient qu'après. Elle parut pour la première fois à Bâle, en 1586, dans le tome deuxième des *Gynœciorum sive de Mulierum affectibus commen tarii grœcorum, latinorum, barbarorum jam olim et nunc recens editorum*. 4 vol., in-4. Et voici comment. Le typographe Walderich, voulant donner une seconde édition du recueil de Gaspard Wolf publié (avec le même titre) à Bâle, 1566, in-folio, chargea G. Bauhin d'y ajouter un autre volume. Il en fut ajouté trois au lieu d'un. Le tome deuxième *Gynæciorum phisicus et chirurgicus*, etc., comprenant les ouvrages nouveaux ou non encore édités en Allemagne, est divisé en deux sections. C'est dans la seconde que se trouve l'hystérotomotocie de Fr. Rousset (υστεροτομοτοκια *quam ex gallico latinam feci*, dit G. Bauhin dans sa dédicace aux princes Ernest-Frédéric, Jacques et Georges-Frédéric, fils du duc Charles de Bade, datée de Bâle, le 8 février 1586. Dans la préface au lecteur, il dit encore que, pour faire cette traduction il a laissé de côté ses autres travaux (*propriis studiis relictis*). En tête de la traduction latine, p. 486, une autre petite préface de G. Bauhin renferme ce renseignement précieux : « J'avais la version allemande, mais j'ai mieux aimé « suivre la française ». (*Germanicam quidem versionem vidi, ceterum gallicam sequi malui*). Ainsi la traduction en allemand de 1583 existait quand Bauhin a fait sa traduction latine. Donc tous ceux qui, en copiant Haller, annoncent invariablement une première édition de la traduction latine en 1582, se sont trompés. Et, chose curieuse, ils ont dû reproduire une faute d'impression : 1582 pour 1586. C'est d'autant plus croyable, que cette dernière date est donnée par Haller, un peu plus bas.

Bauhin dit ensuite que, s'il avait eu le temps, il aurait rendu la chose plus claire par ses propres observations, (*plurimis historiis ex privata observatione rem illustrassem*). «Car pour ce « qui est de l'extraction du fœtus par le côté, nous en avons un « exemple en Suisse. A Steckboren, dans le canton de Turgovie, « il y a environ 18 ans, un homme qui avait l'habitude de faire « la castration sur les animaux tira du ventre de sa femme, qui « ne pouvait accoucher, un fils par l'incision latérale. La mère « guérit et l'enfant parvint à l'âge de 18 ans. Je ne sais s'il est « encore vivant. De même, comme l'établit Rousset (*ut auctor* « *statuit*), l'ouverture de la vessie n'est pas nécessairement mor- « telle, ce qui peut paraître faux et absurde à ceux qui jurent « par Hippocrate, mais démontré par les faits que j'ai observés. « Il ne manque pas non plus d'exemples de fœtus putréfiés dans « l'utérus (1). J'aurais pu aussi ajouter plusieurs cas de superfé- « tation. Mais j'ai réservé tout cela pour un meilleur moment, « afin de ne pas augmenter le livre plus que de raison. Enfin « j'y aurais joint l'enfant pétrifié de la ville de Sens comme l'a dé- « crit le célèbre Aliboux. (*Tandem et lithopœdium urbi Senonen-* « *sis subjunxissem ut clarius. D. Albosius conscripsit.* Mais comme « son histoire sera imprimée dans le tome troisième, j'ai mis « seulement la planche avec l'épigramme. Celui qui voudra lire « cette histoire pourra la trouver dans le troisième volume.

« Comme je finissais la traduction de ce traité de Fr. Rousset, « dit Bauhin à la page 563, j'ai reçu une lettre de Jean Aliboux, « médecin à Sens, avec lequel je n'avais eu auparavant aucune « relation amicale, mais il était souvent question de lui dans « l'hystérotomotocie. G. Bauhin a voulu insérer du moins la « lettre de J. Albosius, datée de Montbéliard, 20 décembre « 1585. Et l'hexastichon suivant:

AD FRANCISCUM ROUSSETUM JOAN. ALBOSIUS.

Qui vicit Pœnos, cuique Africa subdita, dictus
A cœsâ Cœsar parturiente fuit.

(1) On ne connaissait pas alors la grossesse extra-utérine.

At quœ viventem fœlix exclusit ab alvo
Fœtum, eodem matrem sustulit œgra dies.
Quanto hac Lucina es major, Roussete ? Supersunt ·
Ingenio fœtus, fœtaque cœsa tuo.

Puis la planche et l'épigramme : *In iconem lithopœdii.* Quant
au fait extraordinaire de J. Aliboux (1) avec l'explication de
Simon de Provenchères, aussi médecin à Sens, Bauhin ren-
voie le lecteur à la fin des commentaires de Maurice Cordæus sur
le premier livre des maladies des femmes, d'Hippocrate (p. 504 à
512, t. III, *Gynœciorum*, etc.)

Deux ans après fut imprimée à part la traduction latine de
G. Bauhin avec l'appendice des faits qu'il avait signalés dans la
préface de l'ouvrage précédent. Il y a joint le *portentosum li-*
thopœdium J. Albosii.

ϓΣΤΕΡΟΤΟΜΟΤΟΚΙΑ *Francisci Rousseti gallice primum edita*
nunc vero Caspari Bauhini medicinœ doct. et profess. in acad.
Basiliensi operâ latiné reddita, etc. Bâle, 1588, in-8 de 272
pages, comprenant : 1° l'hystérotomotocie de Fr. Rousset tra-
duite en latin ; 2° L'appendice où G. Bauhin accumule les faits
qui viennent à l'appui de ceux que contient le livre de l'enfantement césarien. Là se trouvent aussi l'autopsie d'un corps sans
foie ni rate et la guérison d'une blessure de l'intestin, avec la
description de la fameuse valvule découverte en 1579 ; 3° *Litho-*
pœdion Senonense, c'est-à-dire l'observation d'un fœtus resté
pendant 28 ans dans l'utérus, pétrifié, et retiré de l'utérus
après la mort de la mère, par Jean Aliboux, médecin français,
avec l'explication des causes probables de cette induration.

Dans une longue dédicace « au généreux et illustre comte
Georges, Burgrave de Kirchbourg, seigneur de Farnrod en
Thuringe », Bauhin fait l'histoire des opérations césariennes
après la mort de la mère depuis les temps fabuleux. A la fin il

---

(1) Il avait été publiée en 1582 avec ce titre : *Portentosum lithopædium sive*
embryon petrefactum urbis Senonensis.

parle d'un Antoine Fabrice, *son précepteur* et son collègue actuel, qu'on a confondu avec · Jérôme Fabrice d'Aquapendente. Elle est datée de Bâle, *pridie Kalendas Augustæ* 1588.

Je n'ai pas à insister sur les éloges en vers en tête desquels est placé l'hexastichon de J. Aliboux à Fr. Rousset, déjà cité ; ni sur l'appendice au sujet de la découverte de la valvule, p. 176. (Voir Bibliographie anatomique de G. Bauhin, *Progrès médical* 1880) ; ni p. 241, sur le petit traité du fœtus pétrifié de J. Aliboux avec la préface au lecteur datée de Sens, Ides d'octobre 1582, imprimé avec l'image, etc., tel qu'il avait paru à cette époque. Je recommande seulement la série de pièces de vers qui ont été composées sur ce fait extraordinaire, et en particulier : *Jocus puerilis Petri Albosii impubis ad patrem observantissimum Joan. Albosium medicum, de ejus lithopædion.*

Je dois noter ici que la façon dont la date 1588 est imprimée dans ce livre, MDXIIC, a fait commettre une erreur à plusieurs de ceux qui l'ont examinée trop à la légère. Ils ont vu 1592, et ont mis ainsi à tort au compte de Bauhin, pour cette annéelà, une édition de la traduction de l'hystérotomotocie qui n'existe pas.

Tout le monde n'avait pas adopté comme Bauhin le livre de Fr. Rousset. Approuvé par la Faculté de médecine de Paris, l'enfantement césarien avait trouvé de nombreuses oppositions dans la corporation des chirurgiens de saint Côme. Ambroise Paré lui-même n'avait pas modifié son dire en donnant, en 1584, l'édition définitive de ses œuvres complètes. On lit, en effet, au livre de la génération, à la fin du chapitre XXXVIII : « Or je « m'esmerveille comme d'aucuns veulent affirmer avoir vu des « femmes auxquelles , pour extraire leurs enfants, on leur avait « incisé le ventre, non seulement une fois, mais plusieurs : car telle « chose par raison m'est du tout impossible à croire, entendu « que pour donner issue à l'enfant, il faudrait faire une grande « plaie aux muscles de l'épigastre (1), et pareillement, à la ma-

---

(1) La paroi du ventre.

« trice, laquelle étant imbue d'une grande quantité de sang, et
« y faisant une division si grande, il y aurait une très grande
« hémorrhagie, dont la mort s'ensuivrait. D'avantage après avoir
« consolidé la playe, la cicatrice ne permettrait après à la matrice
« de se dilater pour porter enfant. Il y a encore d'autres acci-
« dents qui en pourraient advenir, et le pis, une mort subite de la
« mère : et partant je ne conseilleray jamais de faire telle œuvre
« où il y a si grand péril, sans nul espoir. »

Ce passage a été pour Malgaigne (Œuv. compl. d'A. Paré, t. II
p. 719.) l'occasion d'une note très intéressante sur l'hystérotomotocie de Fr. Rousset. On y trouve cette citation de l'Heureux
Accouchement de Jacques Guillemeau (1er avril 1609 p. 333.)
« Aucuns tiennent que telle section cœsarienne se peut et
« doit practiquer (la femme estant vivante) en un fascheux ac-
« couchement : ce que je ne puis conseiller de faire, pour l'avoir
« expérimenté par deux fois, en la présence de Monsieur Paré,
« et veu pratiquer à MM. Viart, Brunet et Charbonnet, chirur-
« giens fort experts ; et sans avoir rien obmis à la faire dex-
« trement et méthodiquement : toutefois de cinq femmes, aux-
« quelles telle opération a esté faicte, il n'en est reschappé aucune.
« Je sçay que l'on peut mettre en avant qu'il y en a qui ont esté
« sauvées ; mais quand cela serait arrivé, il le faut plustot ad-
« mirer que practiquer ou imiter ; d'une seule arondelle on ne
» peut juger le printemps, ny d'une seule expérience l'on ne
« peut faire une science.

« Après que Monsieur Paré nous l'eust faict expérimenter, et
« voyant que le succès en estait malheureux, il s'est desisté et
« retracté de cette opération, ensemble tout notre college des chi-
« rurgiens jurés à Paris, et la plus saine partie des docteurs ré-
« gens de la Faculté de médecine à Paris ; lorsque cette question
« fut suffisamment agitée par feu M. Marchant, en ses deux dé-
« clamations qu'il fit, lorsqu'il eut cet honneur de passer chirur-
« gien juré à Paris. » (Bibl. nat. Té 121. 13.)

Après la mort de Jacques de Savoie, arrivée en 1585, Fr. Rousset était probablement venu se fixer à Paris. Il était en butte à de
vives attaques. Pour y répondre d'un seul coup, il éleva, comme

il le dit au commencement de sa préface au lecteur, « un nouveau monument à son hystérotomotocie, » bien plus détaillé que
le premier, plus affirmatif encore et contenant des faits nouveaux.
C'était l'ancien ouvrage en latin, dont il avait tiré son abrégé
en français, qu'il publiait maintenant revu, corrigé et aug-
menté de dissertations ou notes sur différents sujets reportées à
la fin du livre. Il y a ajouté encore un petit poème sur les causes
de la pétrification du *Portentosum lithopædium Senonense
Joannis Albosii*.

Je ne puis me dispenser de reproduire en entier, malgré sa
longueur, le titre de ce nouveau livre de Fr. Rousset.

ΥΣΤΕΡΟΤΟΜΟΤΟΚΙΑΣ (*id est*) *Cæsarei partus assertio historiologica. Pars medicæ artis interdum naturæ extrema pa-
tienti, per quam necessaria. In qua agitur de opificio chirurgo
humani ortus, aliter fausté succedere nequeuntis quam per
ventris materni solertem incisionem, sospite cum suo fœtu matre ipsa* (1).

*Item fœtus lapidei vigeoctennalis causæ. Cur nasci non potue-
rit. Cur per vigintiocto annos in utero retentum non putruerit.
Cur in lapidem obduruerit. Fr. Rosseto authore* (2). Paris, chez
Denis Duval, 1590, in-8 de 596 pages, qui se trouve à la Bibl.
nat. Te. 124. 4.

Haller ne connaissait de Fr. Rousset que le premier ouvrage
en français, l'hystérotomotocie. *Posteriores libros non vidi*, a-
t-il soin de dire (Bibl. chir. I, 240.). Aussi ne doit-on pas s'éton-
ner beaucoup qu'il ait fait quelque confusion dans une énumération d'ailleurs incomplète. Mais que dire de ceux qui ont co-
pié « *Assertio historica et Dialogus apologeticus pro Cæsareo
partu*, Paris, 1590, » sans autre explication ! De cette double
indication, à peu près exacte mais trop brève dans Haller, ils ont

----

(1) De cette dernière phrase, quelques bibliographes négligents ont fait un
titre particulier pour la traduction de Bauhin.

(2) L'auteur rétablit l'orthographe latine de son nom, que Bauhin avait écrit
Rousseto.

fait un seul ouvrage, et ont ainsi laissé tomber dans l'oubli l'œuvre capitale de Fr. Rousset.

Cet in-8 très compact ne sera jamais aussi facile à lire que l'abrégé en français qui en a été tiré ; mais il faut qu'on sache qu'il existe, que ce n'est point une traduction de l'ouvrage français comme quelques-uns l'ont cru.

Certains sujets y ont été développés à part sous forme de notes à partir de la page 451. C'est là aussi que nous voyons les premières manifestations de la verve poétique de Fr. Rousset, qui à cette époque donna de nombreuses productions en vers distiques et hexamètres.

Il songe d'abord à ses « contrarians », p. 451. *Pro nobis apologeticum ex Hippocratis lib. de arte adversus mordaculos calumniatores.* Une première pièce ds vers avait été adressée par lui, *versiculis ludens*, aux calomnies de ceux qui ne trouvent bien que ce qu'ils font. Il leur rappelle maintenant le passage d'Hippocrate, qui semble emprunté au viel Hésiode, qu'il cite et qu'il traduit ensuite librement en vers distiques, c'est une sorte de préface au lecteur.

1° *Paradoxon de venarum et nervorum prima ex corde origine* p. 454. Après une exposition en prose, il traite le sujet en 8 pages de vers hexamètres.

2° *An uteri in se post sectionem Cæsaream contracti et ob id parcius cruentantis ac sponte sua sine suturis uniti, consolidatio prima naturæ intentione fiat. Ac primum cur primæ intentionis unio dicatur, quidque ea sit, et quomodo a secunda differat.* p. 465. Cet intéressant sujet comme les suivants est traité en prose.

3° *Ad doctissimum optimumque virum D. Denysotum d. m, p. Cur infra novem et supra quatuordecim annos Cystotomia a veteribus intacta fuisse scribitur* (p. 477). Fr. Rousset démontre que cette singulière prescription est due à une faute d'impression qui s'est glissée dans les textes.

Problema de arcigero Mudonensi, p. 482. Les chroniques de Monstrel et nous apprennent qu'un archer de Meudon, condamné à être pendu, était atteint de la pierre. Les médecins de Paris

obtinrent du roi et du parlement de pratiquer sur lui une opération nouvelle, dit-on, à cette condition que, s'il survivait, il
aurait la vie sauve et de plus une gratification de l'Ecole. Les
intestins remis en place et la plaie suturée, dit l'historien, il
guérit. A. Paré raconte la chose un peu différemment, au chapitre 16 du livre des Monstres. Mais n'importe. François Rousset se demande tout d'abord si le calcul a été extrait de la vessie ou des reins. « A-t-on fait dès lors la taille hypogastrique
« dont s'est servi Franco et que nous proposons ? dit Rousset. »
Suit une longue discussion, fort intéressante.

Il n'en est pas de même d'une plus longue encore qui commence à la page 493. *Fœtum in utero menstruis si non totis,*
saltem parte eorum puriore ali, eorumque alteram illam minus
puram, etc.

L'ouvrage est terminé par *Scleropalæcyematis* (1), *sive litho-*
pædii senonnseis, id est fœtus lapidei vigeoctennalis causæ,
Fr. Rosseto auctore, p. 509. Après une préface en vers distiques au lecteur, et une invocation à la Muse, en vers hexamètres, Fr. Rousset expose dans un avant-propos le sujet du
petit poème qui va suivre. C'est avec de très légères modifica-
fications, le récit du fait extraordinaire de J. Aliboux, publié
pour la première fois dans les commentaires de Cordœus, avec
l'opinion de Simon de Provenchères. Il ne croit pas nécessaire
de donner l'opinion de l'auteur ni celle de S. de Provenchères.
Il résume en trois pages la sienne, qui est développée ensuite
dans le petit poème en vers distiques (2). C'est un dialogue en-

---

(1) σκλερος, dur, παλαιος, ancien, κιεμα, embryon. Fr. Rousset avait autant
de plaisir à forger des mots nouveaux qu'à versifier.

(2) Jugez de la surprise qu'on éprouve, quand en voit M. Chéreau (*Parnasse*
médical français), dans un article d'ailleurs plein de fautes de toute sorte,
faire de *scleropalæcyematis.... causæ,* un poème satirique. Dans le *dialogus*
apologeticus même, Fr. Rousset s'est montré poète satirique seulement par
occasion. Il ne l'a été tout à fait que huit ans après, en 1598, dans les petites
pièces échangées avec son ennemi acharné, Jacques Marchant. Il est bien plus
connu, au contraire, par les vers élogieux qui se trouvent en tête des ouvrages

tre *Pirologistes* et *Palæomanes*, (de la page 527 à la page 596.)

Fr. Rousset est alors en pleine veine poétique, comme le montre la pièce qui suit. (Bibl. nation. Te. 124. 5.)

La même année parut, en effet, mais non dans le même volume : *Dialogus apologeticus pro cæsareo partu, in malevoli cujusdam pseudoprotei dicteria* (1), *Fr. Rosseto auctore*. Paris, chez D. Duval, 1590, in-8 de 56 pages. Après cette préface *Ad candidioris notæ chirurgum,*

> *Sic tibi sidereo fœlice Machaone cedat,*
> *Chirurgema precor lector amice novum,*
> *Ne mihi sit fraudi (tot contra obstantibus) orbi*
> *Dum prodesse volo consuluisse tibi.*

Vient le dialogue en vers distiques. Les interlocuteurs sont *Zozometer* et *Catagelastes*. Le premier dit, page 4 :

> *Detrahe personam. Peregrinos fallere tali*
> *Larva, sed pueros terrificare potes.*

Ce petit poème dialogué, analogue au précédent, n'a pas moins de 50 et quelques pages.

Ici l'on doit placer *Gynœciorum sive de mulierum affectibus... libri, operâ Israelis Spachii, d. m. et prof. Strasbourg, 1597. Sumptibus Lazari Zctzncr.* Cet in-folio est la reproduction exacte

---

d'André Dulaurens, de Gaspard Bauhin, de Jean Aliboux (Albosius) et autres médecins de son temps.

Des trop nombreuses fautes d'impression je ne relèverai que *Senensis* pour Senonensis. Mais pourquoi avoir changé le nom de Rousset en Rosset ? Pourquoi dire qu'il a composé des ouvrages « pour défendre l'opération césarienne (quand c'est lui qui a établi l'hystérotomotocie ou enfantement césarien), ouvrages qui lui ont valu tant d'injures dela part de ses contemporains ». Cela se borne aux railleries contre les chirurgiens de saint Côme qui soutenaient leur collègue Jacques Marchant. Fr. Rousset se complaît à objecter à son adversaire les approbations flatteuses qu'il avait reçues d'un grand nombre de médecins de Paris et de Montpellier (Voir *Brevis apologia*, p. 7 et suivantes).

(1) Ce sont les railleries de Jacques Marchant, chirurgien juré. La querelle avec le faux Protée reprit ouvertement en 1598.

des ouvrages contenus dans les quatre volumes de G. Bauhin publiés à Bâle, en 1586. On y trouve la traduction en latin de l'hystérotomotocie de Fr. Rousset, à la page 394.

Brevis apologia pro cæsareo partu in dicacis cujusdam in pulvere pædagogico chirurgicali theatralem invectivam. Ejusdem argumenti carmen apologeticum. Auth ore Fr. Rosseto. Paris, chez Denis Duval, 1598, in-8 de 13 pages.

Qu'il me soit permis d'abord de faire remarquer ici combien on peut se tromper quand on se contente de regarder un livre sans le lire. Eloy (*Dict. de la méd. anc. et mod.*) consultant l'article de Haller sur Fr. Rousset, ne voit pas que l'Eloge placé au-dessous de *Brevis Apologia* s'adresse non point à ce livre, mais à l'hystérotomotocie, et alors il dit au hasard cette énormité : « Le judicieux Haller paraît faire grand cas de cette « apologie. » M. A. Dureau (*Dict. encycl. des Sc. méd.*, 3e série, t. V, p. 503, 1877) se trompe aussi quand il écrit : « Cette der- « nière plaquette, qui aurait été publiée par Rousset sous le « voile de l'anonyme, serait une réponse à une critique en vers « signée Marchant. » La plaquette en question se trouve à la Bibliothèque nationale avec celles qui vont suivre. Elle porte *Fr. Rosseto auctore.* Ce n'était pas non plus une réponse à une critique en vers de Jacques Marchant, puisqu'il y a *theatralem invectivam.*

Dans cette petite pièce, Fr. Rousset, devenu vieux (1), dit en commençant qu'il aurait tort de rester plus longtemps sans répondre aux railleries et aux calomnies débitées *atrociter ac publice*, devant une petite assemblée (*senatulo*) de célèbres chirurgiens par *neophytus ille chirurgulus*. On croirait qu'il a menti et qu'il déserte sa cause. Deux points, dit-il, ont été attaqués à grand renfort de paroles inutiles. Quant aux faits, on s'en moque : *in eos nil nisi risus effundit*, etc., etc. Suit la longue énumération de ceux qui ont approuvé son livre, p. 7 et 8. A la page 11, *Authoris Carmen*, savoir : 14 vers hexamè-

---

(1) Ce qui prouve, en passant, qu'il n'est pas né dans la deuxième moitié du xvie siècle, mais dans la première.

tres avec ce post-scriptum : *Ex opprobrioso Brulini spectaculi*
« *proscenico reversus pro suo Cæsare vindex dictabat.* A la
page 12, *Ejusdem ex suo vigeoctennalis senonum fœtus semi-
saxei tractaculo ad calumniatorem,* une page de distiques.
Enfin, à la page 13 et dernière, la conclusion. Fr. Rousset en
appelle au jugement de Du Laurens : « Unus pro omnibus regio-
« rum archiatrᴡn alter, Laurentius ille mihi in te Palœmon (1)
« veniat. Cujus anatomen, fœcundum medici corporis specimen
« non legisse quis tibi pudor, aut si legisti, ejus de meo Cæsare
« sententiæ, non acquieisse, quæ tua est insolens impuden-
tia? etc. » On peut voir le passage de Du Laurens, p. 446 des
Opera anatomica , Lyon, 1593, in-8, (*Bibl. de l'Ec. de méd.,*
nᵒ 31557.)

La réponse de J. Marchant ne se fit pas attendre : *In Franc.
Rosseti apologiam, Jacobi Marchant, regis et parisiensis chirurgi declamatio quæ* παραδοξον *de cæsareo partu impugnatur.*
Paris, chez Nicolas Delouvain,1598, in-8 de 47 pages. Il traite
Fr. Rousset de vieillard décrépit et continue à le railler. D'ailleurs (p. 5), la petite discussion première avait eu lieu *privatis
nostræ scholæ parietibus.* Il ne pouvait se dispenser de parler,
lui qui depuis dix ans avec son père faisait presque tous les
accouchements difficiles de la ville. Après une longue discussion des faits qu'il rejette, il cite les opérations césariennes
tentées sans succès dans les hôpitaux de Paris par A. Paré et
d'autres chirurgiens illustres. Quant au mot hystérotomotocie,
il le trouve mal fait et préfère hystérotocotomie (p. 19). Je ne
suis pas de cet avis. Enfin, il ne peut pas ne pas déplorer que
Fr. Rousset à la fin de sa carrière se soit occupé de moyens
aussi inutiles, et qui plus est condamnables (p. 31), et conclut
(p. 36) en disant ; *Sic prudentis esse arbitror, difficili licet
in partu, nunquam tuam* υστεροτομοτοκιαν *tentare.*

Jacques Guillemeau se joint à Marchant pour accabler

---

(1) Grammairien latin, né à Vicence, d'un esclave, enseigna à Rome sous
Tibère et Claude. On a de lui un précieux traité *De ponderibus et mensuris,*
Leyde, 1587 (Bouillet).

Fr. Rousset (p. 37). *Jac. Guillemœus regis et parisiensis chirurgus Francisco Rosseto.* Dès le commencement, on voit sur quel ton était la discussion. *Vehementer mirari non desino cur hic cholera morbus tam copiosa bilis eructatio, hoc juvenile incendium tua languida et exanguia membra corripuerit.* En somme, il finit par donner à Rousset ce conseil d'ami, de reconnaître son erreur. Les plus grands hommes se sont trompés, Hippocrate lui-même. Qu'il se souvienne de la parole de L. Duret, à propos d'une opération faite naguère *tuo modo* par A. Paré : *In ipsis carnificium manibus animam expiravit* (p. 43).

Pour imiter Rousset, J. Marchant termine sa déclamation par deux pièces de vers (p. 45). *In Francisci Rosseti librum de cæsareo partu Ja. Marchant carmen* (38 hexamètres), p. 47. *Ejusdem pro regio chirurgorum parisensium collegio* (15 hexamètres).

Fr. Rousset fit une double réponse à Marchant et à Guillemeau sous ce titre : *Francisci Rosseti Responsio ad Jacobi Marchant declamationem,* Paris, chez Denis Duval, 1598, in-8 de 31 pages. Il maintient ce qu'il a dit : « J'ai écrit, sans vous nommer, que vous étiez un railleur (*dicacem*) p. 4. Est-ce que votre déclamation insensée prouve que vous soyez autre chose? (*an te esse alium insana declamatio tua indicat?*) J'ai ajouté petit chirurgien (*chirurgulum addidi*), de la poussière pédagogique plutôt que de l'arène chirurgicale et médicale, comme en fait foi votre ridicule métamorphose grammaticale du mot *hysterotomotocie* en *hysterotocotomie.* Vous vous plaignez aussi de ce que votre invective ait été appelée théâtrale (p. 5), quand vous êtes venu le premier avec grand effort devant une assemblée d'hommes célèbres convoqués tout exprès. « Je loue la façon dont vous avez magnifiquement orné la scène, mais personne ne niera que c'était un théâtre. » Enfin, traduisant Marchant par *Mercator,* il lui dit qu'il s'était occupé d'étaler sa marchandise... Aussi Rousset a-t-il demandé d'autres juges.

Avant d'arriver à des choses plus sérieuses, il rappelle encore les vers qu'il a publiés dans son grand traité de l'hystérotomotocie en latin et dans son dialogue apologétique contre les Pro-

Turner   2

tées semblables à lui. Inutile de les répéter. Personne ne peut se dispenser de les approuver. Il reprend alors les faits un à un et réfute sans trop de gros mots les assertions de son adversaire : la vérité est immuable. Puis, faisant allusion aux paroles de son collègue Guillemeau, que son Cœsar était à moitié mort et enterré, il dit en terminant, p. 15 : *Ecce Mercator, vidi (Sic) semimortuum (ut sperabis) et semisepultum (ut socer tuus præpropere jactitabat) nunc reviviscere Cæsarem meum, cujus carnifex, aut saltem Vespillo (1), esse speraveras. Vale.*

La réponse de Rousset à Guillemeau (*Rossetus Guillelmœo*), p. 15, commence ainsi : « Qu'ai-je fait dans toute mon apologie, ou autrement, Guillemeau, pour que vous ayez écrit contre moi si durement? » Ils m'ont condamné, ils vont même jusqu'à nier l'opération faite à Nangeville! Est-ce qu'il n'y a pas de quoi se mettre en colère? (*Exprobrans quod senex, exsanguis et aridus (quin addis etiam capularis et silicerniosus) irascar?* Et il ajoute : *Atqui, bone vir, ut et formicula sua ira, et quod ais apes, quamvis mellifluæ suos habent aculeos, capillus (adde etiam fumum) suam umbram,* p. 18. Tout ce morceau est plein d'une véritable éloquence. En finissant, il remercie Guillemeau de n'avoir pas désespéré de voir renaître leur ancienne amitié.

Puis Rousset s'adresse aux chirurgiens : «*Franciscus Rossetus pileatorum chirurgorum ordini,* p. 20. » Il faut maintenant répondre à vos vers qui viennent de la même source que les autres. Je ne sais s'ils sont de Marchant, je n'en ai cure, mais je reconnais qu'ils sont d'un poète de riche veine (*divitis venæ*).

« Ce qui me blesse le plus, dit ensuite Rousset, c'est qu'une « sorte de parricide, un Brutus français, essaye de percer de « son stylet mon César français, comme autrefois le Brutus ro- « main avec ses complices, etc. Vous étiez là pour rire, si vous « ne conspiriez pas, et quand j'ai dit *spectaculum Brutinum,* je « ne vous ai pas appelés brutes. » Ils ne se sont pas occupés de mon hystérotomie, mais ils ont audacieusement avancé

---

(1) Croque-mort des pauvres qui ensevelissait le soir.

que je n'avais pas l'honneur d'être médecin et que je n'étais
pas digne de ce titre.

Et là, il détaille toute sa vie d'études, p. 21, 22, 23. Puis
s'écrie victorieusement : « Après cela, braves gens (*boni viri*),
« vous semble-t-il que je sois entré furtivement dans le corps
« médical? Est-ce parce que je n'ai pas mis le titre de docteur
« au frontispice de mon livre que vous me refusez l'honneur
« d'être médecin, quand j'ai professé dans ces deux écoles célè-
« bres, et exercé heureusement, grâce à Dieu, la médecine jus-
« qu'à présent. Gardez pour vous la déclamation d'un individu
« d'abord médicalement baccalauréatisé, puis magistralement
« doctorifié, maintenant royalement chirurgifié, etc. ; je ne vous
« envie pas ces oripeaux et je souffrirai patiemment d'être,
« comme vous le dites, *inglorium*, dédaignant les glorioles. Le
« peuple vous donne une épithète plus modeste dont vous de-
« vriez vous contenter, etc., p. 24. » Il leur avait déjà dit tout
cela et il cite des fragments du *Dialogus apologeticu*s qui se
trouvent aux pages 29, 40 et 41, puis il reprend, page 28. « Mais
« vous, les heureux, qui vous glorifiez d'être de fidèles chirur-
« giens du premier choix, presque des docteurs, etc. » et il leur
adresse 20 hexamètres satiriques.

« En voilà un peu plus que je n'aurais voulu, dit-il en finis-
« sant, p. 28, mais votre Erinnys a excité ma Némésis. Que
« cette dispute soit jugée par les savants docteurs de cette uni-
« versité auxquels j'ai dédié mon hystérotomotocie, etc. »

Cette pièce se termine par 16 hexamètres : *Cæsaris ad suas
et matris mastigas* χλευασμος p. 29, et par de nouvelles citations
ex authoris Dialogo, prises aux pages 27, 24 et 42. Malgré l'erreur de mise en page, on voit que la date 1598 se trouve à la
dernière page, à l'endroit où est d'habitude le mot FIN.

Jacques Marchant eut le dernier mot. *Jacobi Marchant regii
et parisiensis chirurgi declamatio III in Franc. Rosseti* παραδοξον
de partu cæsareo. Paris, chez Nicolas Delouvain, 1599, in-8 de
31 pages. Cette troisième *déclamation* ne prouve rien de plus
que les autres, ce n'est que moqueries et injures. En somme,
J. Marchant nie la possibilité de l'opération césarienne. Il in-

voque Hippocrate, Galien, Celse, (p. 16); mais il se garde bien
de parler des médecins qui ont approuvé le livre de Fr. Rous·
set. Il croit vraiment qu'il n'y en a jamais eu, *rara avis*; à cette
époque, c'était le corbeau blanc (p. 17). Voici les sarcasmes
dont il accable le malheureux vieillard : « Vous qui êtes sans
« occupations depuis tant d'années, que ne faites-vous vous-
« même votre célèbre hystérotomotocie? p. 18. *Audaces for-*
« *tuna juvat*, etc. » Mais, d'ailleurs, elle est inutile. Ambroise
Paré dit qu'une femme atteinte de suffocation de matrice fut
reveillée à la première incision des parois abdominales et qu'elle
accoucha ensuite naturellement (Notez que ce n'est pas le cas).
« Les médecins de Paris ne sont pas de votre avis. Les chirur-
« giens fuient votre opération césarienne comme la peste et s'en
« gardent comme d'une bête malfaisante. Qu'avez-vous opposé
« à l'autorité de Jean Duret et de son père, fidèles disciples
« d'Hippocrate? Il suffit, dit-il, que nous ne l'admettions
« pas. Quel remède ne vaudrait mieux que l'hystérotomotocie. »
Et là-dessus il cite plusieurs cas de distocie pour lesquels
Fr. Rousset ne l'a pas proposée. Puis il continue : « Votre
« hystérotomotocie est contraire à l'art, à la raison, etc. Car les
« mauvais conseils doivent être punis même quand ils sont
« suivis d'un bon résultat. (*Nam prava consilia puniuntur, licet*
« *eventus sit felix.*) Chez les Carthaginois, etc., p. 27.

La raillerie de J. Marchant n'a pas de mesure. « J'ai essayé,
« dit-il (p. 28), d'arrêter les torrents écumeux de votre apologie
« satirique par le doux murmure de ma déclamation... Dans le
« cours de votre vie, vous n'avez inventé que deux choses,
« l'opération césarienne et la taille hypogastrique, qui rappel-
« lent les funérailles et la triste image de la mort. » Il revient
de nouveau à la critique du mot hystérotomotocie, dont la ter-
minaison ne lui paraît « ni agréable, ni grecque, p. 29, » pour
arriver à cette conclusion : « Je veux que vous sachiez que
« mon désir est que votre informe César et le nom de votre
« opération césarienne soient mis dans le même tombeau.
« *Gaudeat cognomine terra.* Il est là, votre cher César, non
« plus à demi mort comme autrefois, mais tout à fait mort

« (*extinctum*). Ce n'est pas par Brutus qu'il a été frappé, mais
« par la pluie de traits que lui a envoyés la médecine, qui se
« venge justement, etc. »

Jacques Marchant prend même plaisir à faire cette épitaphe,
p. 31 :

Tumulus Cæsaris, imo verius cæsarei partus.

Quis jacet hic ? Cæsar. Num qui tibi subdidis orbem,
 Nil minus, ast patria cæsus ab arte puer.
Heu ? Puer infælix, matris de funere natus :
 Cui vitam infaustam, dat moritura parens.

Trois pages ajoutées à cette plaquette, avec une pagination
différente, contiennent encore trois pièces de vers :

Ejusdem Ja. Marchant in quoddam F. Rosseti ostentum car-
men, deux pages d'hexamètres.

Pro regio parisiensium chirurgorum collegio epigramma.

Ordinis es cujus, rogo, dic, Rossete, vel artis ?
 Si medicorum (inquis) te suus ordo negat :
Nec tu donatus lauro, titulove nudentum,
 Et furtim exerces, quod titulo ipse nequis :
Sed tu dum scindis miseros per frusta parentes,
 Artis eris cujus, dic, rogo, carnificis.

Franc. Rossetus sub bonis præceptoribus male profecit.

Non ego diffiteor celebres te audisse nudendi
 Arte viros, ætasque tua prisca tulit.
Sylvius auditus forte et Rondeletius, et qui
 Tunc Phœbi insignes arte fuere viri.
Sed tu aliena suis doceas cum dogmata, bellum
 His infers, et quæ te docuere negas.

Ainsi finit cette querelle. Jacques Marchant a été sans pitié
dans la moquerie, mais la postérité a bien vengé François
Rousset de ces injures imméritées.

En 1601, Gaspard Bauhin fit paraître à Francfort une dernière édition de la traduction du livre de François Rousset avec
ce titre ; *Exsectio fœtus vivi ex matre viva sine alterutrius*

vitœ periculo, et absque fecunditatis ablatione, a Francisco Rosseto gallice conscripta, Casparo Bauhino professore medico Basil. ord. latino reddita et variis historiis aucta. Adjecta est Joan. Aibosii, protomedici regii fœtus per ann. 28 *in utero contenti et lapidefacti historia. Francisci item Rosseti tractatus huius indurationis causas explicans.* Francfort, 1601, in-8 de 396 pages (Bibl. nat. Te. 124, 3).

La dédicace de G. Bauhin *Wolfango Theodorico libero Baroni in Stein et Guttemberg, etc.*, est datée de Bâle. *Kal. octobris,* 1600. A la fin de la préface au lecteur, on voit que cette édition revue, corrigée et augmentée est la cinquième (*iam quinto damus, sed longe limatius et correctius multisque novis historiis auctum.* G. Bauhin a encore [ajouté, p. 318, après le fait extraordinaire de fœtus petrifié de Sens déjà publié, l'explication de Fr. Rousset, *scleropalœcyematis causœ,* telle qu'elle se trouve à partir de la page 509 du grand traité de l'hystérotomotocie, Paris, 1590.

Enfin le dernier ouvrage de Fr. Rousset, qui se voit seulement à la bibliothèque de la Faculté de médecine, n° 31615. — *Francisci Rosseti medici regii exercitatio medica assertionis novœ veri usus anastomoseon cardiacarum fœtus, ex utero materno trans ipsas trahentis aerem internum in suas pulmones motus respiratorii (contra communem opinionem) tunc non expertes, et illum cordi eum appetenti, suique etiam tunc micantis motus compoti prœparaturos,* Paris, 1603, in-8 de 98 pages. Il est dédié à Jean de la Rivière, premier médecin du roi, qui échangea avec lui des compliments en vers. Fr. Rousset est vieux et malade, comme il nous l'apprend dans le titre suivant. « Ad do- « minum Andream Laurentium Fr. Rosseti ægrotantis episto- « lium », une lettre de trois pages en vers hexamètres.

Ce petit traité est peu connu. Eloy (*Dict. de la méd. ancienne et moderne,* 2° édition) se contente de dire : « Cette pièce ne « correspond point aux autres. Son auteur, tout occupé de « théorie, ne lui a pas même donné un air de vraisemblance. »

Voici quelques détails sur ce sujet. Simon Piétre et André Du Laurens avaient eu une violente dispute sur l'usage des anastomoses ou communications des vaisseaux du cœur chez le fœtus. Simon Piétre, en 1593, avait émis une théorie nouvelle. Elle fut immédiatement combattue par A. Du Laurens, qui prit fait et cause pour Galien (Voir *Gaz. heb.*, 1880).

Cette discussion fut reprise dans l'*Historia anatomica*, 1600, (livre VIII, chapitre VII) et Du Laurens y joignit en la réfutant, bien entendu, une troisième opinion, celle de Fr. Rousset qui, croyant aussi avoir trouvé le vrai usage de ces anastomoses cardiaques du fœtus, s'était empressé d'en faire part à Du Laurens, avec lequel il était lié d'amitié. Fr. Rousset ne se tint pas pour battu et voulut rendre le public juge de la condamnation prononcée par un homme aussi éminent. De là cette publication. Est-il besoin de dire qu'ils avaient tort tous les trois ? Ces trois théories sont tout simplement absurdes et nous montrent comment on pouvait divaguer avant la découverte de Harvey. «.La veine cave, qui a une grande ouverture au cœur, verse « du sang dans le ventricule droit comme dans une citerne et « le sang se cuit et se subtilise là dedans, tant pour engendrer « les esprits vitaux que pour nourrir les poumons. (1) » Une partie passe à travers la cloison interventriculaire dans le ventricule gauche, l'autre par la veine artérieuse va dans la substance spongieuse des poumons. « L'air tiré par l'inspiration « et préparé dans les poumons est porté par l'artère veineuse « (*veines pulmonaires*) dans le ventricule gauche où il se mêle « au sang, et de ce mélange se fait l'esprit vital qui est poussé « dans l'aorte et les bronches. »

Ce n'est plus la même chose chez le fœtus. La veine cave ne verse pas de sang dans le ventricule droit, parce que le poumon, qui est alors épais, etc., n'a pas besoin de sang subtilisé. C'est une loi qu'à un organe épais il faut un sang grossier, le sang contenu dans les veines. Le fœtus ne respirant pas, il ne se fait pas d'esprit vital dans le cœur. L'aorte le reçoit alors des artères ombilicales, qui absorbent de l'air par le phénomène qu'on ap-

---

(1) Trad. de Sizé, 1610, p. 934, id. de Th. Gelée, 1615, feuillet 267.

pelait transpiration. Ainsi, d'après Galien, l'artère veineuse (veine pulmonaire) fait l'office de veine et porte aux poumons le gros sang rouge, qui arrive directement de la veine cave par le trou rond (de Botal) qui disparaîtra après la naissance. La veine artérieuse (artère pulmonaire) fait l'office d'artère et porte aux poumons, par le canal artériel, l'esprit vital qui est venu de l'aorte et des artères ombilicales. Il n'y avait pas de branche de la grande artère pour cela et la trachée ne sert encore à rien.

Simon Piétre n'est pas d'avis que les deux anastomoses sont faites uniquement pour la nourriture et la vie des poumons. Pour lui, le sang artériel vital est transmis de la mère au fœtus par les artères ombilicales. Il monte dans la grande artère jusqu'à son origine. Là, il est arrêté par les valvules. Alors ce sang élaboré et destiné à nourrir les poumons est versé dans la veine artérieuse par le canal artériel. Quant à l'autre anastomose, elle sert à la fonction de l'esprit vital qui se forme dans le ventricule gauche. Le fœtus ne respirant pas, le sang doit prendre une autre voie, et, comme il était superflu aux poumons, il va directement de la veine cave au ventricule gauche, pour y prendre la faculté vitale et se répandre ensuite dans tout le corps.

Fr. Rousset pense que les deux anastomoses sont faites pour transporter l'air interne de l'utérus maternel aux poumons du fœtus, qui ne sont pas privés (comme on le dit généralement) du mouvement respiratoire. Ils préparent l'air, qui, mêlé au sang, doit être attiré par le cœur, et s'habituent ainsi à effectuer les mouvements dont ils jouiront après la naissance. « Pour moi, « dit Fr. Rousset, ces deux anastomoses au fœtus et la trachée-« artère en ceux qui sont nés, sont comme Castor et Pollux, des-« quels le destin était que, l'un venant à vivre, l'autre mou-« rut (1). » *Sint ergo per me anastomoses ambœ in fœtu et trachea in alumno, ut Castor et Pollux quorum altero in lucem venicnte, alterum accumbere, in fatis erat*, p. 100. C'est pour la

---

1) Trad. de Th. Gelée, feuillet 271, verso.

démonstration de cette erreur que Fr. Rousset a écrit ce long traité en somme. Il l'a divisé en trois parties ou diexógèses qu'il a bien inutilement développées ; c'est beaucoup de bruit et de peine pour rien. Mais il lui restera toujours son immortelle hystérotomotocie !

La bibliographie peut être ainsi résumée :

I. — *Traitté nouveau de l'hystérotomotokie ou enfantement césarien, etc.*, par François Rousset, médecin, Paris, 1581, in-8 de 228 pages (sans compter les préfaces et la table). Traduit en allemand, par Melchior Sebizius, Strasbourg, 1583, in-8. — En latin, par Gaspard Bauhin, t. II *Gynæciorum.* Bâle, 1586, in-4, — id., υστεροτομοτοκια, etc. Bâle, 1588, in-8. — id. *Gynæciorum* d'Israel Spach, Bâle, 1597, in-fol. — id. *Exsectio vivi ex matre viva sine alterutrius vitæ periculo, et absque fœcunditatis ablatione...* Francfort, 1601, in-8.

II. — ΥΣΤΕΡΟΤΟΜΟΤΟΚΙΑΣ *id est cæsarei partus assertio historiologica... in qua agitur de opificio chirurgo humani ortus, aliter fauste succedere nequeuntis, quam per ventris materni solertem incisionem, sospite cum suo fœtu matre ipsá. Item fœtus lapidei vigeoctennalis sive scleropalæcyematis causæ,* (dialogue en vers) Fr. Rosseto authore, Paris, 1590, in-8 de 596 pages.

III. — *Dialogus apologeticus pro cæsareo partu in malevoli cujusdam pseudoprotei dicteria* (en vers), Fr. Rosseto auctore, Paris, 1590. in-8 de 56 pages.

IV. — *Brevis apologia pro partu cæsareo in dicacis cujusdam ex pulvere pædagogico chirurgicali theatralem invectivam. Ejusdem argumenti carmen apologeticum* (prose et vers). Authore Fr. Rosseto, Paris, 1598, in-8 de 13 pages.

V. — *Francisci Rosseti responsio ad Jacobi Marchant declamationem.* Paris, 1598, in-8 de 31 pages.

VI. — *Francisci Rosseti medici regii exercitatio medica assertionis novæ veri usús anastomosewn cardiacarum fœtús, etc.* Paris, 1603. in-8 de 100 pages.